I0762300

ISBN : 978-1-911424-26-0
SKU/ID: 9781911424260

A catalogue record for this book is available from the British Library.

Editor: Wolf

Cover and Book design: Wolf

Publishing Company:
Black Wolf Edition & Publishing Ltd.
1 Begg Road, Kirkcaldy KY2 6HD, Scotland
www.blackwolfedition.com

First Edition 2017 - First Printing 2017

VITTORIO GRAZIOSI

SANGUE DI ROSA SCARLATTA

(Il Diario)

Luglio-Agosto 2005

(7 Luglio 2005)

Immergevo le mani nella schiuma di sapone immaginando panna di nuvole. Era una giornata normale, ma il mio buon umore la rendeva migliore. Finalmente buone notizie.

"Papà ritorno stasera. Mi prepari tortellini alla panna e olive ascolane?" Ecco la prima mattina di questa storia o l'ultima della mia vita. Confondo ricordi e realtà come si mescolano disinfettante e sangue in una ferita. Credo di avergli risposto ridendo: "Certo mio re, imbandisco il miglior desco di quest'anno per salutare il vostro ritorno."

Lo dicevo scimmiottando una battuta, ma in verità ero serio. Vivevo per lui. Mi era diventato grande tra le braccia...

Mordo le labbra per la rabbia. È cresciuto in un batter d'occhio. Lo ricordo un batuffolo di carne rosa, profumato come i piumini da cipria.

Ora, alto un palmo più di me, ha sul mento una peluria bionda morbida che mi trattiene dal mangiarlo di baci.

Cerco di ripercorrere le tappe della sua crescita ma, nonostante questo, come sia diventato un uomo così, all'istante resta un magnifico mistero. Così mi sono ritrovato, dal preparare pappe ad accudire un uomo. Con lo stesso amore di quando sua madre me lo ha messo tra le braccia. Già, sua madre! Non abbiamo avuto grandi occasioni di rivederla, da allora. Non si sentiva adatta a fare la mamma. Diceva sempre di voler "vivere una vita in ogni continente".

Ma questa è un'altra storia.

A distanza di tempo, del giorno maledetto ripenso soprattutto al colpo forte sentito nel petto, all'altezza del cuore.

Ho sentito le mie costole tremare. Non ricordo nessun altro avviso. Forse è così che fa la premonizione.

Quella mattina tenevo la radio accesa sul canale di musica moderna. Non la sapevo cantare ma la melodia era accattivante, provavo a intonarci sopra parole inventate. Lavavo i piatti e cantavo. Cantavo per coprire il rumore dei miei pensieri. Lo faccio sempre quando mio figlio è lontano. L'apprensione è una serpe fredda che ti corre lungo la schiena, in qualche modo dovevo domarla. La musica si interrompe di colpo e so che riceverò un colpo mortale. Sento i miei organi frantumare. Ho la sensazione del vomito.

"Edizione straordinaria... Edizione straordinaria... Un nuovo attentato!!! Hanno colpito il cuore di Londra. Tre bombe sono esplose in rapida successione nei mezzi di trasporto londinesi. A breve vi forniremo notizie più dettagliate." Dio mio! Mio figlio! Dio mio uccidimi ora!!! Annega la mia memoria nel mare. Fammi soffocare nella melma della mia fottuta paura. Mi tengo forte sul bordo del lavello per non cadere.

Perché non lo chiamo non lo so.

Telefono all'ufficio della scuola e poi alla Farnesina ma è sempre occupato, alla fine rispondono. Non sanno niente. Saranno loro a chiamarmi. Allora spengo tutto. Radio, televisione, luce e aspetto in un angolo vicino al telefono. Aspetto nella penombra nonostante la mattina, nonostante il sole.

Ho paura del mondo troppo indifferente alla lucida pazzia.

Ho paura anche delle ombre di questa stanza che si muovono facendo scorrere il tempo senza che il telefono squilli.

Temo che il mio cuore sopravviva anche se le notizie saranno brutte. È sera ormai e il telefono ancora non suona...

Non ho più ombre da gestire, polvere di crepuscolo si adagia su ogni cosa rendendo tutto irreale.

A riportarmi sulla terra solo il battito secco dell'orologio da muro. Non ne posso più. Voglio notizie! Inizio ad urlare.

Il campanello suona, coperto dalle mie urla. Deve insistere, alla fine lo sento. Mi trascino fino alla porta.

Di fronte a me un tenente dei carabinieri mi saluta e chiede di parlare con il padre di Paolo. Non vorrei arrivare mai a quello che mi deve dire... Esito. Volevo barare con il destino.

"Sono io."

"...Suo figlio purtroppo non ce l'ha fatta. È una delle vittime della prima bomba sulla metropolitana di Londra. Mi dispiace."

Lo sapevo maledizione! Lo sapevo, non sono riuscito a morire con lui. Non stramazzo al suolo come vorrei fosse accaduto.

"...La salma sarà portata in Italia dopodomani per mezzogiorno. Se vuole la potremmo accompagnare a Roma ad accogliere le spoglie di suo figlio."

Bombe nel metrò e sull'autobus

Mattinata di terrore nei sotterranei: decine di morti

La sequenza delle esplosioni

UNDERGROUND

Al Qaida rivendica l'attentato

Tra le centinaia di feriti anche due italiani

(9 Luglio 2005)

I due giorni trascorrono nella lucida follia. Preparo i tortellini alla panna e le olive ascolane come mi aveva chiesto. Apparecchio la tavola e lascio che si freddino lì, in silenzio. Poi getto via tutto. Non accendo televisione né ascolto radio. Non rispondo neanche al telefono che insistente squilla per tutto il giorno. Non mi importa sapere chi sia. Mio figlio è morto!

Sono all'obitorio dell'aeroporto. È davanti a me. Sono più sereno. No non è vero! Guardo fisso la sua bocca. Immagino parole dietro labbra serrate. Tocco la sua mano fredda e chiudo gli occhi. Ma il miracolo di trovarmi al suo posto non avverrà. Ho perso un figlio e mio figlio ha perso me. Ho vissuto dei battiti del suo cuore e sono morto insieme al suo ultimo palpito. Fine. E invece non sarà così. Sento le mani "del popolo degli uomini", una razza distinta dalla mia, toccarmi le spalle come a volermi consolare. Il tocco magico per strapparmi dal gorgo. Maledetti! Lasciatemi stare, voglio scendere nello Sceol. Voglio mio figlio in qualunque posto quella maledetta bomba me l'abbia scaraventato. Così provo a non respirare...resisto...resisto...resisto... poi mordo le labbra fino a farle sanguinare. Mi gira la testa e un alito d'aria spezza la resistenza. Voglio il mio male. Sono pazzo di dolore, un dolore così forte da dolermi le ossa. Sono tanto pazzo da sentirmi sereno ora che una lapide lo difende.

Piccoli raggi di sole tintinnano sulle lettere dorate del suo nome e io le sfioro per sentire lo spirito caldo di

Dio. La Sua carezza nel vento del mattino.

Di cosa vivrò ora che sono morto? Sento i suoi amici parlare ma non li faccio entrare. Sono indecente, impresentabile. Il dolore forte è sempre scomposto. La sofferenza puzza, fa schifo! Aspetto nel buio e nel silenzio. Prima o poi il cuore dovrà capire di essere andato oltre il suo ultimo battito.

(20 Agosto 2005)

Ho già vissuto mille anni di sospiri profondi, di lacrime versate e raccolte per essere versate di nuovo. Ma questo maledetto cuore continua a battere contro di me. Alimenta di sangue il dolore che si è slegato dalla mia volontà e vive di vita propria. Si sveglia prima di me e di notte viene a spaventare i miei sogni.

Mio figlio in questo non c'entra. Non era così.

Ora dorme il sonno di Dio, respira tra i profumi della Sua speranza. Lo credo vivo, perché così lo vede Lui.

Non alzate il dito, non chiedetemi ragioni dei vostri dubbi voi che vivete senza dolore e senza fede. Anche se sento mani amiche afferrare le mie non le trovo sincere e le lascio scivolare sul ghiaccio dell'indifferenza. Afferro il bianco del sole, il freddo del vento, il buio della notte. Cado per terra. No, mi butto a terra e la abbraccio. Sento il grano sradicato da mesi accarezzarmi la schiena mentre il cielo scende oltre la volta dell'orizzonte e il vento caldo del pomeriggio mi gonfia il petto di tristezza.

Ottobre 2005

(3 Ottobre 2005)

Poi la vita mi ha strappato via con forza dalle mie gambe piegate sulla tomba. Avrei dovuto farlo io da solo. Gli dicevo: “Non fuggire mai! Dietro il tuo animo buono c'è un uomo determinato.” Ma sei scomparso con le mie parole sulla pelle. Mi guardavi con il piglio sicuro di chi non avrebbe deluso suo padre. Invece lo hai fatto. E la rabbia ancor prima del dolore alimenta le lacrime.

(13 Ottobre 2005)

A volte viene a trovarmi la sua ragazza. Non vorrei che lo facesse. Mi costringe a vivere anche il suo dolore e questo per me è troppo. Ha occhi molto belli se non fossero lisi per il pianto e una bocca fresca pronta al sorriso. Le sue mani sono affamate di cose da afferrare. Assomigliano a gomene nuove in cerca di bitte su porti sicuri. Da un po' la aspetto di pomeriggio, per scaldare una moka sul fuoco, per dare aria alle stanze. Aspetto lei per riordinarmi.

(21 Ottobre 2005)

Non esco volentieri, neanche per fare la spesa. Sono costretto a fare un lungo tragitto per comprarmi da mangiare. Non lavoro più e ho pochi soldi. Cerco nei discount di periferia i prezzi migliori:

-una bottiglia di passata di pomodoro € 0,40
-sei bottiglie di birra € 1,89
-un kg di pasta senza marca € 0,35
-minestrone congelato un kg € 1,02.

Cammino tra i bancali sistemati alla rinfusa, mentre lingue sconosciute parlano fra loro. Non guardo nessuno. Non mi colpiscono i colori, non sento profumi. Una signora mi chiede qualcosa, forse un prezzo troppo piccolo per i suoi occhi anziani. Il mio sguardo la trapassa e lei desiste.

Una saponetta per la pulizia personale è sufficiente, mentre la barba festeggia i suoi quatto mesi di vita. Il caffè è a ridosso della cassa e lo prenderò per ultimo. Lo voglio di marca ma non per me. Ora a casa. Francesca verrà. Vorrei trovasse profumo di caffè a riempire i silenzi delle stanze fredde.

Ci saranno piccole carezze sulle gote per scacciare le lacrime, poche formali parole per mandare il tempo in avanti.

Non parliamo di morte. Mai! È fin troppo presente qui. A dire il vero non abbiamo veri argomenti. Magari uno sì.

Ci raccontiamo ogni sogno...come se quella dei sogni fosse la vera vita; come se fosse possibile progettare lì un futuro. Ce li raccontiamo sottovoce per il timore di vederli sparire. Non mi è difficile del resto, il mio ambiente naturale è fatto di cupa oscurità. E in questo buio ogni rumore è attutito, anche la voce. Con tutto questo buio intorno, una cosa viene bene...aspettare. Ecco, questa è l'unica cosa che so fare ancora bene.

A volte riassetto un po'. Raccolgo le molliche dal tavolo, alzo la sedia caduta dal tavolo insieme alle imprecazioni dette mordendo le labbra, perché Dio non senta. Aspetto fino a quando Francesca suona alla porta. Ed oggi sono contento, perché è restata un po' di più. Mi ha accarezzato la barba con una confidenza che non credevo possibile fra noi. Non so se volerle o no, le sue carezze. Sono confuso ma l'ho lasciata fare. Aveva mani dal sapore di mare. L'idea di un onda lontana. Parlava e mi accarezzava la barba. Erano mani umide dall'emozione, credo. Ma che dico, non può essere possibile! Devo essere pazzo! Per l'emozione di cosa? Potrei esserle padre. Se fosse vivo Paolo li vedrei giocare insieme e ridere senza apparente motivo. Un sole che alza i raggi dalla terra al cielo.

Senza di lui è una bellissima farfalla regredita in crisalide. Mah! Presto troverà un nuovo sole che la farà volare di nuovo. Ne sono certo.

Novembre-Dicembre 2005

(12 Novembre 2005)

È venuto un funzionario del ministero accompagnato dal tenente dei carabinieri. Ha una espressione fastidiosa di finta tristezza. Gesti misurati nel perimetro della camicia firmata. Non è colpa sua, ma ho una sensazione di rabbia e di nausea.

Distribuisco colpe a chiunque non abbia impedito a un pazzo di uccidere mio figlio. Ora sanno chi è stato e mi raccontano di "misure preventive" e di risarcimento. Non mi interessa. Piuttosto chiedo notizie sulla famiglia dell'attentatore.

Ma sanno poco. Dopo altre rassicurazioni inutili se ne vanno e io ho la fastidiosa sensazione che verranno di nuovo. Non so perché sia così caustico con loro, forse non voglio che degli estranei mettano a nudo il mio dolore. Intanto mi invieranno i primi soldi, una specie di acconto. Non vorrei accettarli ma devo pagare i creditori. Ora che non lavoro più ho contratto debiti con brava gente e li onorerò con i soldi che verranno. Che si prendano pure tutto. Mi devono lasciare solo il caffè per Francesca.

Sono rimasto sconvolto da questa visita. Mio figlio è stato riesumato per il mio nuovo dolore. Preparo un bagno caldo. Non che ne senta il bisogno ma voglio diluire queste nuove lacrime nell'acqua calda.

Guardo il mondo dalla vasca piena, ogni rumore è attenuato.

Sono sereno.

Una sottile ipnosi, un torpore dolce, il velo della nebbia, il limbo. Resto qui, immobile...

(1 Dicembre 2005)

Il tempo lo passo in attesa che torni Francesca.

Sento anche ora le sue parole squillanti rimbalzare sugli oggetti come piccole gocce di pioggia. Vedo ogni raggio di sole catturato dai suoi grandi occhi neri. La felicità di un attimo, un piccolo involontario sorriso tra i fumi della mia tristezza.

Poi vorrei che non venisse più. Tutti questi sorrisi sono un peso insopportabile per me. E sono cinque mesi che mio figlio se ne è andato. Questa mattina mi sono svegliato presto, la notte per il mondo intero è stata morbida e semplice con il suo buio tutto uguale. Strati di tempo senza alcun fascino. La barba bagnata sgocciola davanti lo specchio. Vedo riflesso il mio volto e gli occhi che ridevano di gusto ai suoi racconti a tavola.

Poi mi abbracciava. Lo faceva senza imbarazzo anche se era un uomo. Il saluto prima di uscire. Aveva braccia forti e mani grandi, mi abbracciava appoggiandole aperte sulla schiena.

Sentivo la sua promessa di prendersi cura di me quando sarei invecchiato.

(7 Dicembre 2005)

Il vestito blu elettrico si è allargato di almeno due taglie.

Non ne ho comunque un altro.

A che servirebbe?

Lo metto solo per andare al camposanto. Camminare fin lì è un impresa soprannaturale. Non sopporto l'idea che il mondo abbia fatto a meno di mio figlio per tutto questo tempo! Pulisco la lapide e provo a pregare, qui mi è impossibile. Sento voci che parlano fra loro dietro di me; o dentro di me. Parlano frenetiche e disordinate. Urlano il dolore ed io le lascio fare. Chiudo gli occhi e le ascolto. Piano piano diventano una voce sommessa, un canto gregoriano di un'altra epoca. Poi d'improvviso una piccola mano stringe la mia. Le voci si allontanano e l'improvviso silenzio mi causa una vertigine. Francesca è qui!

Non parliamo, forse aspettiamo un filo di voce da dietro la lapide fresca. Riassettiamo i fiori, spolveriamo la tomba, togliamo le gocce di rugiada dalla foto e ci prendiamo per mano.

Così ci troviamo all'uscita del cimitero. Non vorrei che mi lasciasse. Fa per abbracciarmi forte e appoggiare le guance bagnate sulle mie. La lascio fare ancora una volta.

E anche se le sue mani non hanno promesse da farmi non sono stato così bene da tanto tempo. Il suo bacio è un dono del cielo. Rimango fermo a rintuzzare lacrime nuove mentre se ne va via.

(15 Dicembre 2005)

Il nome di mio figlio citato nell'aula di un tribunale riecheggia forte come colpi di frusta sulla schiena nuda.

Il giudice non mi guarda mai. Non sarei dovuto venire. Che mi potevano fare? Un avvocato dallo sguardo vuoto sta pacatamente difendendo le ragioni di chi considera "legittima" una guerra contro l'occidente. Vorrebbe cambiare la storia di quel maledetto 7 luglio. Non pensavo fossi così capace di odiare.

È un incontro preliminare e chi mi rappresenta si gira verso di me ad ogni parola "forte".

Ma non mi piace neanche lui.

Vado via da questo palcoscenico dove mio figlio è attore principale senza poter dire neanche una maledetta battuta. Sono fuori e lo aspetto sulla panca di legno: "Senta avvocato, non voglio venire mai più qui. Non mi obblighi ad essere presente. Segua la sua coscienza e poi mi riferirà. Io ho un figlio da piangere!"

So che l'ho convinto, poi vedremo.

(17 Dicembre 2005)

Oggi mi sono rasato, così, per fare qualcosa. Senza barba sembro un uomo più felice, ma non lo sono. Meglio che esca per vedere il sole. Lo voglio ammirare sorgere e tramontare.

"Amore mio, vedessi il sole di dicembre. È meraviglioso, dolce e immenso da coprire con un raggio il mondo intero. E di sera poi dà il meglio di sé. Straccia a brandelli le nuvole e le fa sanguinare d'arancio, mai lo stesso colore, mai lo stesso quadro. Mai lo stesso sogno."

Parlo sempre con mio figlio al tramonto, ho la sensazione che sia lì con me a quell'ora. E gli dico di avere un progetto. Voglio morire mentre lui risorgerà, così potremmo ritrovarci sulla porta della morte. Quell'attimo prima di dimenticare tutto sentirei il suo profumo abbracciandolo. Potrebbe dirmi una parola, un'ultima cosa.

Una di quelle frasi che si dicono solo quando sei sicuro che non ti vedrai mai più e non quel: "Ciao pa' prepara i tortellini che stasera ritorno." Quella è una frase sospesa tra la sera e la notte, una parola detta distrattamente guardando da un'altra parte. Una espressione persa tra i rumori della casa; parole senza alcun valore se non quello di vederne aggiunte altre per tutta la vita. Maledizione!

(20 Dicembre 2005)

Oggi Francesca sorrideva troppo mentre prendeva il caffè. Dovrà dirmi qualcosa? Soffiava leggera sopra la tazzina e mi guardava. Ha il solito viso fresco e malizioso che piaceva tanto a Paolo.

"Hai da fare domani?" Sa benissimo che da più di cinque mesi non faccio niente. Non dovrei rispondere con un'altra domanda ma non riesco a dire altro. "Perché?"

"Non accetto un no! Mi sono presa mezza giornata per stare insieme. Devi venire."

E il suo piccolo indice che frusta l'aria è una minaccia mal riuscita.

(21 Dicembre 2005)

Siamo già in macchina. Un leggero profumo di mela verde rende l'ambiente angusto più accettabile. Mi metto a mio agio, mentre Francesca ha acceso la radio per scacciare il silenzio che la spaventa. Eppure oggi non sono poi così triste.

Penso distrattamente alle vite che scorrono e a questo sole sospeso nell'aria mentre io pettino il vento con le mani fuori dal finestrino. Un largo giro e mi ritrovo nel parcheggio di un centro commerciale. Non sapevo neanche che ci fosse.

Ricordavo la fabbrica della Savoia-Marchetti con finestre fitte e grandi come portoni e un prato incolto tutto intorno.

Adesso al suo posto, questo enorme stabile anonimo falsamente "allegro". Davanti, un parcheggio tanto grande da aver ucciso ogni ombra. Qui tutto sembra gettato via lontano. Festoni stracciati frustano l'aria, mi fanno pensare ad una inaugurazione recente.

Francesca mi prende sottobraccio e mi porta in un negozio di abbigliamento. Dentro, la lunga fila di vestiti appesi sembra un esercito al presentat'àrm. La donna che ci viene incontro ha un sorriso accattivante sotto il trucco pesante. Parla di moda ma non la ascolto. Francesca ha sorrisi leggeri per legare quell'ingiustificata enfasi e il mio completo disinteresse.

Allora indosso un vestito. Dicono che mi stia bene.

Sento le mani di Francesca accarezzare la stoffa. Sono piccole rondini in volo. Le sento profonde.

Alla fine decido di comprarlo, è il vestito di una carezza. Non potrei lasciarlo lì.

(23 Dicembre 2005)

Piove ininterrottamente. Questo inverno mischia le carte come rovescia le foglie. Cielo cupo e intenso. Mi opprime anche senza che lo guardi. Francesca non si fa più vedere. Me l'hanno portata via. Penso che sia meglio così! Allora perché preparo il caffè alle due del pomeriggio per poi buttarlo via alle tre?

Per diffondere un buon odore per casa, mi dico. In fondo spero sempre di vederla arrivare. Non do peso ai miei pensieri.

C'è sicuramente un destino migliore per lei. Un vento gelido soffia forte tra le fessure delle porte. Mi stringo nelle mie braccia conserte scrollando i brividi da dosso.

(31 Dicembre 2005)

Ecco l'ultimo giorno di un anno maledetto. Un giorno identico agli altri. Non ho calendari nuovi per sostituire il vecchio. Una pioggia violenta lava via quest'anno dalle strade, saturo di cose non fatte, di cose non dette.

Guardo la finestra che sta piangendo le mie lacrime. Da un po' a me non escono più. Fuori il buio ingoia ogni rumore e il silenzio nobile della notte svela l'anima preziosa di chi ha ancora speranze da vivere.

Appoggiato allo stipite della porta sto con le mani in tasca. Aspetto mezzanotte e i fragori di chi festeggia il nuovo anno.

Guardo i fiori di fuoco sbocciare nel cielo nero prima di andare a letto. Come sempre le 15 gocce di Minias mi rimboccheranno le coperte. Poi mezzanotte viene senza emozione. Il cielo si rischiara di fuochi d'artificio che durano il tempo di un sospiro. Io resto immobile per dar l'impressione di non esistere, di essere estraneo alla festa. Un modo sciocco per sentirmi vicino a mio figlio. Poi qualcosa mi fa trasalire. Lo percepisco prima ancora di vederlo. Aspetto che la notte rischiari ancora.

In fondo, vicino al cancello, un fagotto di stracci bagnati. Guardo fisso fino a che il fuoco d'artificio lo illumina. È un corpo esile, rannicchiato per non perdere calore. Guardo meglio, distinguo capelli biondi.

Gli psicofarmaci che prendo mi conducono ogni sera in una sorta di sogno ad occhi aperti. Non sento freddo né l'acqua che mi bagna mentre cammino verso il cancello senza perdere d'occhio quel corpo. Lo prendo tra le braccia e lo stringo a me.

Spero che smetta di tremare.

Sento fragili ossa scricchiolare per i colpi del cuore accelerato.

Mi trasmette un'ansia come scosse elettriche sulla pelle. Sotto la luce di casa riconosco Francesca tra le mie braccia.

Nonostante la rabbia resto immobile, arreso alla pochezza delle azioni e per la seconda volta nello stesso anno sento la forza della mia volontà evanescente.

Mi sento sospiro in un vento forte, una lacrima in un giornata di pioggia e maledico la vita non sapendo bene con chi prendermela. Allora la stringo a me, con le mani aperte sulla schiena come a prometterle tutta la protezione che posso. Il gesto che avrei voluto per me. Lei non parla, nasconde il viso sotto il mio mento e singhiozza scomposta.

Poi sussurra: "L'ho lasciato, era un violento. Non so più dove andare. Ho solo te, non mi mandare via." Nella mia testa parole senza forma, solo tante piccole luci nel buio perenne della mia anima e mi sento agitare. Meglio non dire niente! La adagio sul divano. Un plaid. Vado di là a preparare un bagno caldo. Rimango a fissare il vapore intento a cancellare gli oggetti nella stanza.

Il vetro opaco riflette un'immagine esile, quasi diafana. La pelle rossa di freddo ha il sapore di una primizia. Le faccio cenno di venire avanti e resto seduto sul bordo della vasca.

Da vicino le chiazze rosse sulla pelle chiarissima sembrano rose sotto vetro. Il corpo nudo nell'acqua calda alla fine prende colore. Un angelo che riposa sospeso

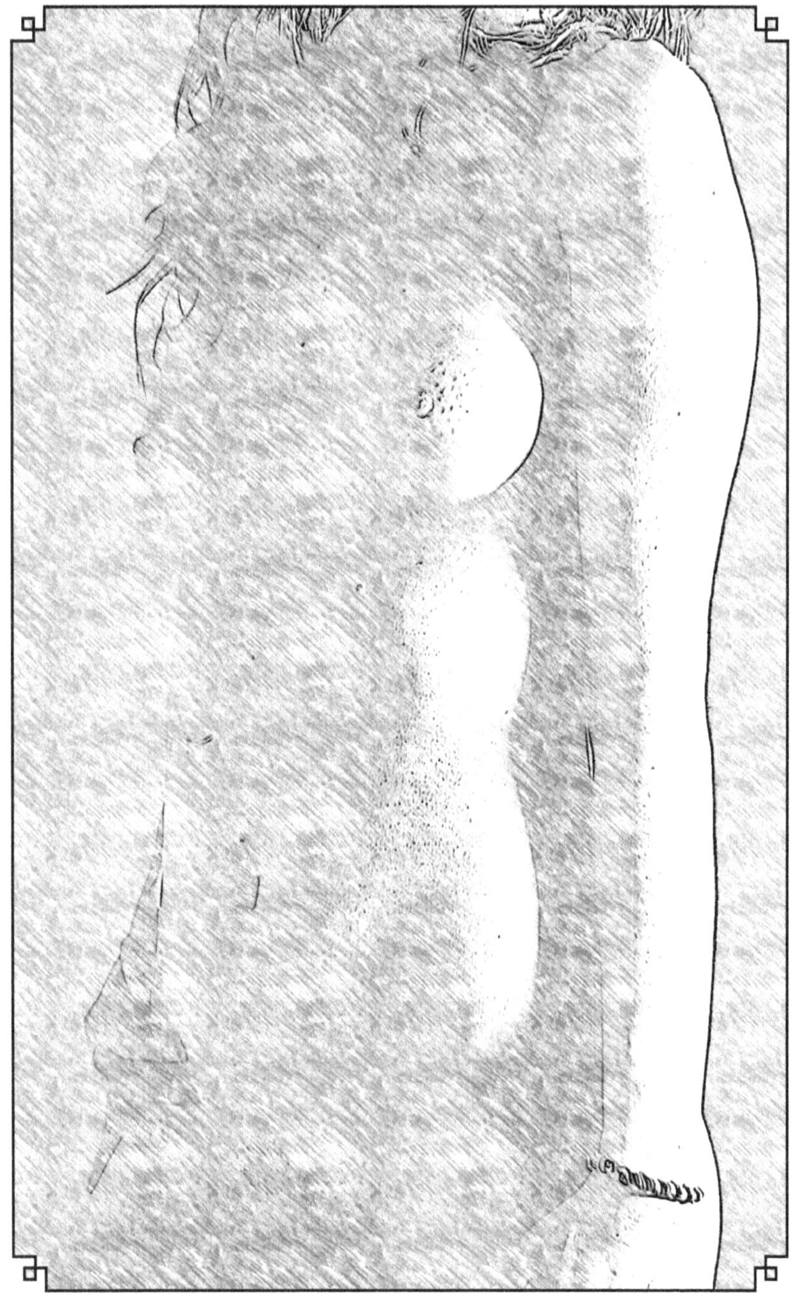

in una nuvola. Ha seni piccoli, capezzoli chiarissimi.

Le sue mani si muovono sul filo d'acqua, confondono i contorni del corpo e la mia mente intorpidita non sa più la differenza tra ciò che "dovrei" e ciò che "vorrei".

Sto volando sopra il cielo, sopra tutto. Nell'acqua affondo le braccia fino toccare un corpo caldo. La sua rosa tra le mie mani apre i petali. Non ho più identità... Non ho memoria!

Sento i suoi baci camminare per i nervi del collo, immagino la vita di mio figlio di nuovo scorrere in me. Non sento sapori, vedo solo prospettive, come fosse un film. Gli occhi di Paolo splendono nei miei. Ho le sue mani per sfiorarla come il vento fa con le spighe di grano. Non guardo Francesca ma sento la sua pelle morbida come la sabbia che ha smesso di tremare... ma non di fremere. Sono perso, il suo corpo acerbo si stringe al mio; il pigiama di seta si bagna ma il pudore mi impedisce di toglierlo.

Francesca è fin troppo decisa! Vorrei vederla confusa.

Vorrei sentirmi chiamare "Paolo..."

Resto così per un tempo infinito, un intero giro del sole nell'universo. Il tempo perfetto perché lei mi chiami con il nome di mio figlio. Ecco, la magia...ora è vivo. Posso lasciarmi andare. Lui vive di nuovo ed io non esisto più.

Sento l'eco del suo cuore ferirmi il petto, scuoterlo tra le costole. La bacio con dolcezza e continuo così per tutta la notte. Ci addormentiamo abbracciati, sfiniti per la volontà di essere qualcos'altro, qualcun altro, bagnati d'acqua e d'umori...

Gennaio 2006

(1 Gennaio 2006)

È mattina tardi quando mi sveglia una febbre voluta. Sento gli occhi bruciare nelle orbite e il freddo mi fa tremare.

Mi ritrovo solo e stanco ma sono sicuro di non aver sognato.

Resto sotto le coperte per un giorno intero.

Gli occhi, al buio, brillano di piccole fiamme di febbre, sono sconvolto e il mal di testa mi opprime. Ho il sapore della notte sulle labbra secche. Rimango così, immobile e spossato altri due giorni ancora mentre la febbre altissima mi fa uno strano effetto.

Sento una musica bellissima. Una melodia morbida come la carezza di una mamma. Ogni tanto il campanello di casa suona con prepotenza. Niente mi farà alzare a vedere chi c'è alla porta. Poi più nulla. Solo musica, musica come sulle onde del mare. Come sulle curve delle dune. Ho la testa in fiamme e la gola secca ma non mi muovo dal letto. Il collo è rigido come un palo interrato con forza, solo quella melodia a darmi sollievo. Perdessi la vita così non mi dispiacerebbe. Resto fermo, aspetto di soffocare nei miei stessi sospiri.

(4 Gennaio 2006)

L'orologio taglia il tempo in fettine sottilissime. Lame di rasoio. La notte si dilata procurandomi ferite insanabili. Ecco, finalmente sto morendo. L'ho desiderato tanto. Il dolore di questi giorni benché fastidioso è una sensazione nuova. La febbre. Il vento caldo dello Sceol. Aspetterò la notte. Morire nel silenzio del buio è meno cruento.

(11 Gennaio 2006)

Ho sperato una settimana intera, ed invece ha vinto il mio corpo. Ho fame. Non penso di morire questa volta. I muscoli non mi fanno più male. Mi sento riposato e forte. Anche la musica mi ha lasciato, sento di nuovo il silenzio triste e freddo che avevo prima. Accendo lo stereo dopo tanto tempo e metto un disco di Engelbert Humperding. Il telefono squilla con insistenza, decido di rispondere ma dall'altra parte sento parlare in inglese. Non so che dica, lo capisco poco e lo parlo anche meno, ma quando ha finito quella che ritengo una domanda mi viene istintivo rispondere "yes". Silenzio ancora, poi sento Lucia. Non parla, urla il mio nome e singhiozza. Non la sentivo da cinque anni.

E il cuore sanguina nel petto, il dolore è un fiotto di sangue che esce. Non so che dire. Lo sa, ne sono certo. Nostro figlio non c'è più. Non ho saputo proteggerlo e di questo mi sento in colpa anche di fronte a lei.

"Dove sei?", provo a farla parlare.

"In Australia. Non potevo chiamarti prima, ero in mezzo al nulla. Aspettami voglio cercare un volo per tornare a casa."

Casa? Quale casa! Non ne ha mai conosciuta una, ma non sento rancore. So che il suo dolore è anche più forte del mio. "Cosa intendi fare?", mi urla.

"A proposito di cosa...?", ribatto sorpreso.

"Degli assassini di nostro figlio. Dobbiamo decidere come affrontarli. Ma tu come stai?" Vorrei dirle che sono già morto, ma non ha senso.

Non so che altro dire. “Che vuoi che ti dica, Paolo non c’è più. Non riesco a uscire dal peso della sua assenza.”

Ripenso alle sue frasi. Non mi ero reso conto di cosa avesse detto. Ma cosa vuole che faccia! Questa telefonata mi ha sconvolto, mi ha agitato di una smania strana. Che potrei fare per vendicare mio figlio.

“Ti aspetto, poi decideremo...riguardati.”

“Ti farò sapere quando torno, ma non credo di riuscire a tornare prima di tre settimane. A presto.”

Il suo spirito forte e libero, la sua distanza da tutto mi fa male. Il dolore è di nuovo vivo, devo fare qualcosa. Esco fuori.

Le mie rose rosse hanno bisogno di cure. Prendo i guanti e inizio a potarle. Le spine si agganciano alla maglia, mi giro per vedere chi mi tira. Che strano, sembra quasi che vogliano consolarmi le lacrime. Mentre poto, ritorno con la mente a quando ho conosciuto Lucia. Provo la stessa emozione, il sangue batte forte sulle tempie. Irrora di fresca linfa il ricordo; un pensiero vivo. Tanto da vederla materializzata. Mi stringo le spalle cercando di fugare il malumore. La malinconia è un vetro colorato che filtra la luce. Lacrime solitarie che hanno sapore stantio e ti dici felice di averle perse. Tutto va troppo veloce per i miei sensi.

Allora per rintracciare la rotta prendo la mia storia tra due dita e la assaggio frizionandola con dolcezza come si fa con l’olio buono.

Mi ritrovo più giovane di ventidue anni.

Una mattina fredda di marzo mentre chiuso nel mio cappotto pesante sbirciavo fuori dalla finestra aspettando che l’orzo caldo bollisse.

"Sarà il caso di uscire di casa con questo tempo?", mi chiedevo. Ma la vera domanda era: "Voglio vederlo accadere?"

Le avevo dato appuntamento davanti al bar Zoppi lungo la via della chiesa. Le foglie mulinavano nell'aria confondendo prospettive e idee. Alla stessa velocità del vento i miei pensieri mescolavano timori e buoni propositi, ma a questo punto, tanto valeva... Avevo conosciuto Lucia ad un corso di scacchi. Gli insegnanti invitavano gli iscritti a confrontarsi anche per via epistolare. Non l'avevo ancora conosciuta di persona. Aveva adottato un nomignolo quasi ermafrodita e, da subito, avevo avuto l'impressione che fosse un uomo dal carattere deciso. Non mi correggeva quando mi rivolgevo a lei al maschile. Forse voleva lasciarmi credere di esserlo.

Poi si era tradita ed io lo avevo notato subito. Con naturalezza avevo iniziato a parlarle da uomo a donna. Le facevo una corte discreta e lei sembrava accettarla, aggiungendo tante faccine colorate come risposta ai miei complimenti.

Le partite fra noi erano molto combattute, io pragmatico e lei imprevedibile. Usava il "cavallo" con grande intraprendenza. Ad ogni partita mi facevo un idea su di lei.

Non sopportava d'essere sotto pressione, pur di uscirne, era disposta a perdere pezzi importanti. Poi un giorno senza particolare preparazione, avevo buttato lì una frase: "Ho voglia di baciarti!" Un'isola di parole in un mare di silenzio. "Accidenti, perché l'ho detta..."

Quella frase non veniva da nessuna parte, non era lo slancio del cuore né la lingua bruciata dalla passione. E allora?

Forse uno scandaglio sulla pelle di Lucia. Magari avrei conosciuto la consistenza dei suoi NO! Ma lei aspettava un po' prima di rispondermi. La immaginavo assaporare le parole tenendole sospese sul palato, come si fa con un buon "rosso".

Era una donna, non una ragazzina, non avrebbe fatto azioni avventate. Non si sarebbe emozionata per una frase così scontata e io lo sapevo di non essere poi così originale.

Però ora ho un vantaggio, aspetto una risposta. "SI" o "NO", un suono deciso tra i denti, un soffio di vento più risoluto degli altri. "...Sei troppo focoso. Da come giochi non lo avrei detto. Se fossi qui, vedresti il mio imbarazzo."

Quanto si è scontati quando si corteggia! Nessuno si è mai lamentato di questo. Ora ne ero certo! Le piacevo ed ero pronto a portare Lucia in una fase di gioco più intima. "Dove vorresti che ti dessi il primo bacio?" Di nuovo butto lì una frase.

"Lo vedrai quando mi vorrai incontrare. Ho più fuoco di quanto la mia fiamma non indichi...mio caro." Eccola finalmente scoperta. Ora le parole perdono spessore e colore. Cercarne di nuove potrebbe svilire l'attesa. Il prestigiatore svela il trucco e il palcoscenico ha perso magia. Non so che dire, non contano più le parole che fremevano tra le dita e sulla penna, nascoste tra i tasti della macchina da scrivere. Cerco un posto adatto per un appuntamento, vorrei farla sentire a proprio agio.

Lungo il viale alberato c'è un bar pieno di specchi e colori caldi. "Ti aspetto mercoledì 9 marzo al bar Zoppi. Sarò lì alle nove. Spero di vederti arrivare..."

Per provare a diluire l'emozione le avevo dato appuntamento dieci giorni dopo.

Quel 9 marzo 1983 era "gonfio" di vento come lo era stata la notte. Tutta quell'aria sembrava sfogliare panorami trasparenti sotto il cielo pallido, indeciso se schiarirsi o incupire. Poi finalmente era arrivata. Avvolta da un piumino d'oca corto come un bolero e stretto in vita. Ha capelli lunghi, mossi. Li ha sciolti in un gesto voluto. Non sarebbe pratico tenerli così in un giorno di vento.

Gli occhi scuri hanno il sapore dei pomeriggi d'ottobre, castani, hanno il colore della sabbia all'ombra delle dune e sorridono da soli anticipando le labbra.

I piccoli occhiali da riposo tengono lontani i pensieri dagli indiscreti. Ma il vero capolavoro è la bocca!

Ben proporzionata, ha apici rotondi e un color vermiglio che schiariva quando si mordeva le labbra, immagino quelle labbra morbide come seta. – Un saluto amichevole – e il tavolino rotondo del bar è la giusta distanza per due che si vedono la prima volta. Le grandi pareti di vetro rendono i rami degli alberi scossi dal vento un film muto al cinematografo.

Guardo fuori per prendere tempo. Appena arriva il tè verde, lei prende la tazza con due mani e soffia sopra. È incredibilmente bella dietro il velo del vapore ed io mi sforzo di cercare parole giuste per affascinarla. Ma quegli occhi vivi sono corde tese sulla mia corsa. Non immaginavo di sentirmi così in imbarazzo. La conversazione non si alza oltre il tempo uggioso e il lavoro. Getto uno sguardo distratto ai titoli del giornale sul tavolino a fianco... "Reagan annuncia lo scudo spaziale", leggo distrattamente.

Poi finalmente Lucia mi guarda dritto negli occhi: “Sei molto carino, sono fortunata.”

“Accidenti! Lo pensi davvero?! Mai quanto te...”, le ribatto a bassa voce mentre mi avvicino per baciarla. Ora gli occhi si cercano con una luce nuova, forse luce di rabbia per le parole sprecate nel bar a coprire spazio e tempo.

È tardi: “Taxi...taxi...”, ed è già fuggita via. Forse non era mai stata qui!

La sera è venuta con le sue ombre e una nuova fastidiosa malinconia. Affondo lo sguardo nel vuoto, sospirando rumorosamente.

La televisione parla da sola. Guardo distrattamente al telegiornale il ritiro di Borg e lo invidio, così compassato, così elegante mentre io cammino per casa come un’anima in pena. Ero da sempre convinto che non avrei mai detto “ti amo” ad una donna. Forse a un figlio, ma mia ad una donna. Ed ora invece vittima di una vertigine, ho tanti piccoli “ti amo” da sussurrare a fil di voce. Devo liberarmi di questo peso. Basta con le parole pesate sull’argine della “buona creanza”! Le telefono e la invito per la sera dopo a casa mia. Avrei ospitato la sua pelle che sapeva di castagne.

Appena entrata si toglie il cappotto come una rosa si toglie un petalo. (Sono teso come un funambolo sul filo.)

Le sue mani indicano gli oggetti che le piacciono mentre gli occhi scintillano. Sento la stanza piena di luce e farfalle.

La venero. Desiderarla morbosamente è un sacrilegio che compio con una arroganza imbarazzante. Gli umori si mescolano sulla punta delle labbra, le sue braccia sul mio collo e le mie sui suoi fianchi.

Poi non ricordo più nulla.

Solo il seno rotondo che si appoggiava sul mio petto nudo. Ero in paradiso. Lo avevo cercato in altre bocche, in altre donne, e ora sazio di sospiri sconosciuti, lo avevo trovato con quel corpo di velluto stretto a me. Non aveva difetti.

Perfetto il profumo, perfetta la bocca, perfetto il suo corpo, perfetto il momento...

Da quel giorno, un anno intero di momenti felici. Le diedi subito le chiavi di casa. Non poteva raggiungermi sempre, ma la giornata trascorreva dolcissima all'idea che la sera l'avrei ritrovata a casa. A volte era nuda e sfacciata. Aprivo la porta e la trovavo lì davanti pronta a fare l'amore. Altre volte preparava la cena. Allora il profumo del cibo lo sentivo dalle scale. Le piaceva stupirmi, essere imprevedibile.

La accettavo come il colore che a me mancava. "Siamo una bella coppia" dicevo. Poi, una sera di un giorno senza storia, sono tornato a casa tardi. L'ho trovata nel buio della sala.

Riconoscevo i contorni degli oggetti man mano che mi avvicinavo a lei sul divano a luce spenta, guidato dai suoi singhiozzi strozzati. Avevo immaginato il suo cattivo umore, una lagna di quelle che a volte mi versava addosso per allontanarmi da lei.

Con le carezze riuscivo a cancellare il suo broncio. Non questa volta. Il problema è nel grembo, una nuova vita che certificherà quanto ci siamo amati.

Così la pensavo. Io...non lei. Aspettava un contatto dai colleghi antropologi per andare a lavorare in Papua Nuova Guinea e con un figlio da crescere non l'avrebbe potuto più accettare.

Al buio cercavo punti di riferimento, ne avevo bisogno per riflettere prima di parlare.

La guardavo con una luce diversa.

Non la riconoscevo, ma l'amavo.

"Non ci saranno problemi, lo tengo io. Lo farò crescere come fossi una mamma.", lo desideravo molto.

È così che lei ha potuto vivere la sua "vita per ogni continente". Si è fatta sentire spesso. Mandava lettere e regali in continuazione, classico modo per acquietare la coscienza. L'avevamo perdonata.

Dopo un po' la mia vita con Paolo era definitiva e il nostro rapporto così importante da trascurare la possibilità di una vita diversa. Amen!

Ora il destino ha mischiato le carte. Mentre mi faccio una doccia per lavare via la febbre sudata, mi chiedo che fare della mia vita spezzata. Confuso dai baci di una ragazza che non amo e che non mi ridarà mio figlio e le parole dell'unica donna che ho amato.

Immobile, nell'acqua tiepida aspetto un'ispirazione, un motto che mi salga dallo stomaco come un rigurgito, un brivido.

Qualcosa che mi dia la forza di vivere o di morire.

(22 Gennaio 2006)

Dopo tre settimane intere rivedo Francesca aspettare che apra la porta. La guardo distorta dalla lente dello spioncino. La sua fretta mi innervosisce. Il fastidio che mi da è l'evidenza di una mia stupida debolezza. Lo dico ora che ho i crampi allo stomaco per il rimorso di aver fatto l'amore con lei. Non è più la stessa cosa. Lo sa anche lei.

Siamo stati vittime di una suggestione, un rito che immaginavamo potesse ridarci Paolo. Ed io ho la colpa maggiore. Aver sporcato un bel viso che mi sorrideva dietro i fumi di un caffè. Perché è tornata? Ero sicuro che andarsene via in fretta e senza saluto significasse non tornare più. Aspetto ancora un po'. Il suo suono insistito la rende meno attraente. Restiamo a guardarci sulla porta con i pensieri che si accalcano nella fretta di uscire. Il silenzio nato qui è duro come uno schiaffo dato di rabbia. La lascio entrare; dentro, il suo sguardo si addolcisce: "Mi prepari un caffè?", e si toglie il cappotto. Le sembra che non sia successo niente!?! Immagino che reciti una parte per guadagnare tempo. La lascio fare.

Preparo il caffè, vado a cambiarmi. La vedo versarlo nelle tazzine. Prova a fare conversazione. "Ti ricordi di Maria, quella tua vicina di casa che aveva il marito in ufficio da me..."

La interrompo. Guardo fuori dalla finestra: "Lo sai anche tu che non succederà mai più vero? È stata una pazzia, Paolo non tornerà."

La sua risposta mi spiazza.

"Non puoi scaricarmi così, ho perso tuo figlio e perdo anche te." La guardo con una luce nuova. Sta parlando una donna che sente di avere ragioni da far valere. Ma è solo un pensiero sfiorato.

"Hai perso solo lui, io non ti sono mai appartenuto. Abbiamo provato un'alchimia per riavere Paolo una notte. Se ricapitasse sarebbe un'altra cosa."

Lo dico con rabbia sommessa, ma non ho difficoltà a pronunciare queste parole definitive e finalmente riusciamo a piangere insieme.

Il mio caffè freddo è un piccolo lago di notte. Ci affondo lo sguardo sperando di trovare parole nuove per convincerla ad andarsene, ma lei resta lì davanti a me e piange. Prendo il suo cappotto e glielo appoggio sulle spalle, mentre il caffè che verso nella terra dei gerani è la giusta metafora del nostro amore che non sarà mai possibile. La vedo andar via.

So che dovrà leccarsi un po' le ferite prima di arrendersi alla forza di un nuovo abbraccio, ma sarà inevitabilmente così.

Marzo 2006

(16 Marzo 2006)

Sono passati ancora due mesi. Un tempo languido e pesante come piombo fuso. La compagnia del mio televisore rotto e delle ombre spalmate sulle cose rendono il mio umore cattivo.

I gesti lenti, i muscoli rallentati dai farmaci dilatano il tempo in secondi pesanti come anni luce. Non ne posso più!

Non ho più paura di prendere coscienza della morte di mio figlio. L'ho così tanto temuta da farmene una ragione. È un tumore che secca gli organi dentro. Ho invece l'angoscia di vedere Lucia. Non credevo di essere così vigliacco! Il suo dolore così dignitoso, arginato dalle mani sui fianchi, le labbra morse per non piangere. Non potrei sopportarlo. Temo le sue parole perentorie. Le domande sul mio sciatto immobilismo.

Da un po' la sogno di notte. Ha una bocca enorme che mi urla di vendicare la morte di nostro figlio. Un incubo che mi scuote la pelle come una mazza sul ferro. Ma io non so che fare. Non ho idea da dove cominciare. Da chi andare. Dopo la morte di quel giovane scambiato per un terrorista ho staccato anche la radio, inorridito di quanti figli la violenza riesca a generare.

Vorrei la fine del mondo...

(20 Marzo 2006)

Non devo aspettare più. Troverò il coraggio di partire! Sarà una soluzione alla mia inutile vita, magari un estremo sacrificio che la renda meno vuota ora che non ci sei più tu. Prima di tutto ho bisogno di lucidità. Getto via le medicine sciogliendole nell'acqua. Le guardo diventare una poltiglia colorata e mi preparo a combattere il dolore senza argini. Resisto, ma rischio di annegare tra i singhiozzi e le lacrime. Ho dolori alla mascella per serrare tanta angoscia.

Aprile 2006

rchi Gates

(3 Aprile 2006)

Sto preparandomi a partire! Ho saputo che Lucia è tornata da qualche giorno. Conosce il mio imbarazzo e prima di affrontarmi aspetta una mia mossa lucida. Le sono grato! Il cuore mi scoppia in gola. Batte così forte che penso la bigliettaia della stazione lo sente. Ne sono sicuro. Sono anni che non prendo il treno e il panorama che corre al di là del vetro mi ferisce gli occhi. Anche uscire da casa è stato difficile. Il cielo luminoso mi sarebbe caduto in testa da un momento all'altro... un peso assurdo.

In realtà sono fuggito!

Come un topo al quale è stata scoperta la tana. Me ne vergogno. Il buio e la commiserazione mi tenevano al sicuro. Di questo dovrò prenderne atto. La paura che Lucia potesse mettermi di fronte alle sue ragioni e io avrei contrapposto la mia sciatteria mi ha fatto fuggire. Ecco perché sono su questo treno per Roma. Per fare cosa lo capirò strada facendo.

Roma è un fermento di anime perse quanto me. La gente cammina con passi veloci rincorrendo i propri pensieri. Mi trovo a mio agio, in fondo qui o nel buio di casa non vedo differenza. La stazione è una serra calda che mi protegge dal sole e dal vento di primavera. Ma non posso restare molto.

Qui non trovo risposte alle mie domande. "Taxi... taxi, libero? ...Mi porti alla Farnesina."

Le mie generalità e la guardia all'ingresso mi conduce dal funzionario venuto a casa mia. Ora ha un piglio diverso, sembra capire la mia titubanza, mi afferra per il braccio indicandomi una sedia. Non aveva bisogno di raccontar balle.

Le formali condoglianze erano state espletate a suo tempo.

Cerco informazioni riservate e lui, avendole sullo stomaco, le avrebbe vomitate di lì a poco. Gli occhi opachi di fumo fissi sui miei sono sul punto di scoppiare. Il suo alito di tabacco arriva forte infastidendomi, ma quello che dice, glielo lascio sussurrare. Quando ci lasciamo fuori è notte fonda.

Ora ho nomi ed indirizzi, a cosa mi servono non so. Mi fido del mio nuovo istinto, prima o poi avrò un piano. Esco dal suo ufficio con un foglio in mano per salvare le apparenze, informazioni copiate dal "Il Messaggero" per riempire il bianco della carta, per giustificare la firma sul registro dei visitatori. Il foglio scritto a mano invece ha lettere vive che si muovono da sole.

Leggo nomi arabi e indirizzi di vie inglesi. Vedo le loro vite e inorridisco per i miei stessi pensieri; immagino visi sorridenti, soddisfatti per le vite strappate. Devo alzarmi dal letto, il cuore si è sciolto le briglie da solo. Sto soffocando in un'anonima stanza d'albergo. Faccio una doccia poi proverò a dormire. Sento ogni ora battere come una mazza sulla tomba di Paolo, vedo le sue ossa scuotersi sotto quei colpi.

Il mio sonno è agitato. Un terremoto per l'anima. So già che sopravvivrò... So già cosa farò domani.

(5 Aprile 2006)

È mattino presto. Leggo sul giornale della morte di Gene Pitney. Non mi interessa più la morte degli altri, neanche dei cantanti che amavo in gioventù. Questa mattina di primavera profuma di nulla ed io respiro con forza quest'aria insipida. Provo ad alzare la testa, ma il cielo ha ancora troppa luce per i miei occhi. Meglio così. Terrò lo sguardo basso. Oggi mi sento un uomo diverso. Non so se troverò i miei nemici sorridenti o soddisfatti. Non mi interessa. Farò in modo che non lo siano.

"Fiumicino, siamo arrivati.", mi dice l'autista del taxi. Ma anche l'ultimo volo per Londra è partito. Dovrò aspettare, ma non torno in città.

Passo la sera nel batuffolo della semioscurità.

Ogni tanto una voce chiama passeggeri all'uscita. Riesco ad addormentarmi. Sogno. Vedo un cielo che non mi ferisce, sono felice senza un vero motivo. Ho staccato i piedi da terra e volo sulle città e sui campi. Seguo la scia del sole ma non vado a Londra, credo sia la strada per raggiungere mio figlio. Ecco perché sono felice.

Vorrei continuare a dormire anche quando alla mattina viene annunciato il mio volo. Non ho mai volato. Solo ora ci penso. Salgo le scale dell'aereo con agilità, per dissimulare una paura folle. Invece è emozionante. Da quassù il cielo mi fa meno paura, mi sento più vicino a Dio che custodisce la vita di mio figlio. Ma questo è un pensiero che scaccio subito. Sto andando a distruggere, non vorrei sentire gli occhi di Dio addosso; sono un cane rabbioso in un vestito scuro.

Non ho idee. Voglio solo un anello in più nella catena dell'odio.

Ecco Londra finalmente. Qui l'atmosfera è surreale. Un'ovatta di nebbia trattiene al mattino lo scintillio del sole, sento odore di cose bruciate...sento le bombe pronte a scoppiare di nuovo.

(7 Aprile 2006)

Dopo tre giorni ancora non so bene cosa fare. Sono andato alla Subway di Edgware Road. Qui mio figlio è morto.

Ho sentito l'esplosione, le urla, i sospiri e non ho resistito. Sono fuggito lontano. Ho corso finché i muscoli me lo hanno consentito. Non ho poi così tanta forza. Riprendo a camminare seguendo la scia dell'odore acre di spezie. Il quartiere indiano è un paese triste inghiottito in una grande città. Le case sono angoli di mattoni grigi, all'interno sguardi ostili tessono una tela voluta. Nessuno viene volentieri qui ed io stesso vi resto il tempo necessario. Cerco un revolver, piccolo e maneggevole.

È bastato chiederlo al giovane che mi seguiva con lo sguardo dall'altra parte della strada.

"Ritorna qui fra tre giorni."

Dopo un "OK!", non abbiamo altro da dirci.

(10 Aprile 2006)

Mi sento solo! Mi manca il mare! Non lo vedevo sempre, ma ne avevo percezione; una via di fuga. La direzione per le vele dell'anima che si gonfiavano di vento buono. Il mio mare "verde smeraldo" aveva sapore di nostalgia, cose raccontate da padre a figlio. Non che fosse il più bel mare del mondo. Anzi, la spiaggia di sassi era così scomoda da tenere lontana la folla, rendendo il mare ancor più mio e di Paolo. Con lui già a primavera ci passavamo pomeriggi interi. Erano i migliori.

Strappavamo quelle ore alla giornata, lo facevamo con forza, adesso capisco perché. Sono l'unguento da spalmare sulla pelle, calmano i brividi mentre faccio domande pericolose alla mia incolumità. Ma è una paura esagerata, alla fine è fin troppo facile. Nessuno si interessa a te. Mostra i soldi e chiedi quello che vuoi.

Tre giorni dopo ho una pistola Beretta "tomcat3032" in tasca. È grigia-lucida. Porgendomela il topo di fogna che me l'ha trovata si vantava di averla strappata ad un capo banda. Lo diceva sottolineando il nome con un fare plateale. Io fingevo di stupirmi capendo di chi si trattasse.

Ma in realtà mi sento preso a forza da questa situazione e arrivare in fondo sarà un'impresa titanica per me.

Maggio 2006

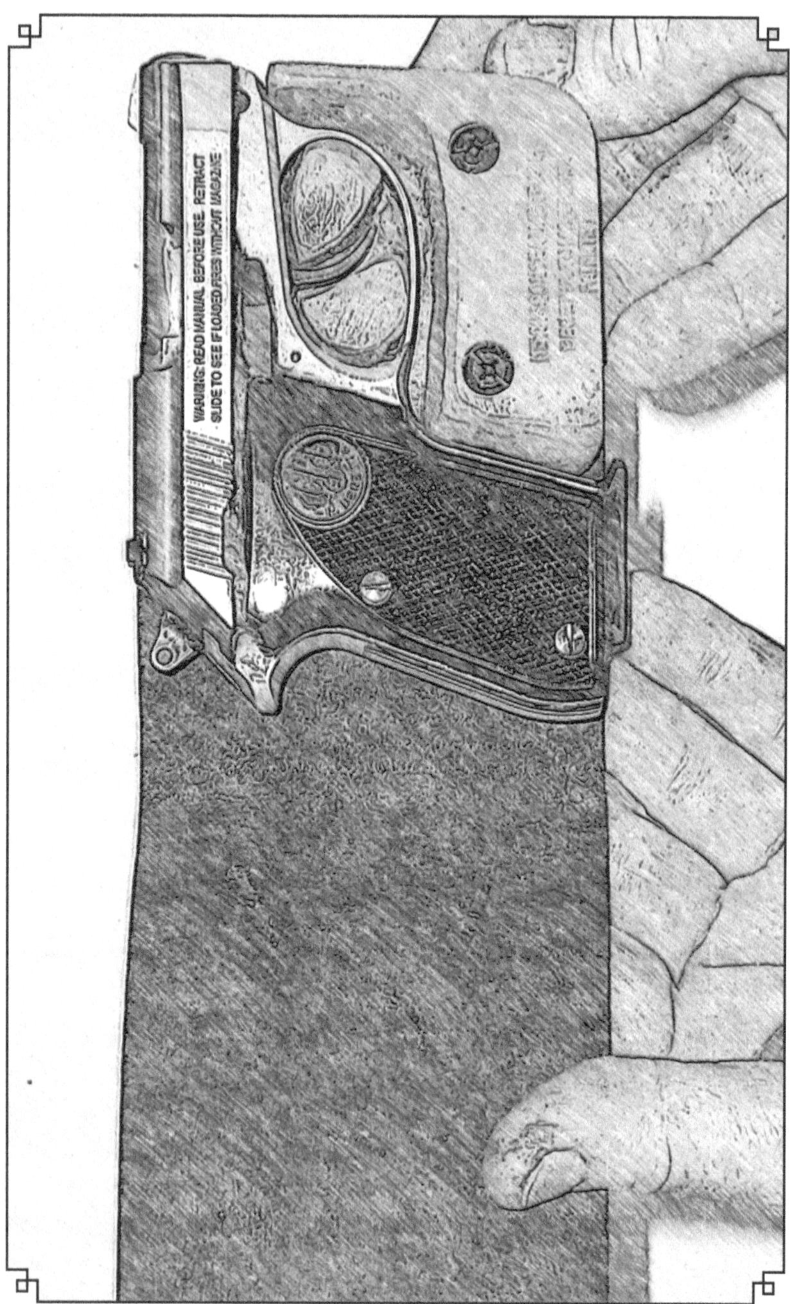
WARNING: READ MANUAL BEFORE USE. RETRACT
SLIDE TO SEE IF LOADED FIRES WITHOUT MAGAZINE

(4 Maggio 2006)

Vorrei essere sotterrato all'ombra della mia casa spoglia. Restare immobile eternamente, sospeso e tramortito dai colpi del tempo che passa. Ed invece sono qui. Provo il mio coraggio. O meglio, la mia incoscienza, girando per i quartieri di Londra con l'arma mal celata in tasca. Ma è un'appendice estranea! Vive di volontà propria, sento il suo ringhiare ad ogni passante sospetto, un animale selvatico con troppa voglia di mordere. Mi toglie il fiato. Sono spossato per la rabbia che mi scuote dai piedi, ma senza sapere cosa farne.

(10 Maggio 2006)

"Devo lavorare per restare a Londra qualche mese, potrebbe aiutarmi?" Imparata la frase inizio a passare ogni piccolo negozio di Allington Road dove ho trovato una stanza in affitto.

Mi è sembrato naturale iniziare dai negozi con su scritto "Vera pizza". Le facce orientali che ci trovo sanno di imbroglio.

Al terzo tentativo trovo lavoro, ora almeno hanno un italiano con loro. Al pomeriggio ho già indosso un cappellino con su scritto "La vera pizza".

Giacca oro e rossa. Sono pronto a fare consegne. Non immaginavo di fare il "ragazzo" delle consegne a cinquant'anni ma non mi vogliono fisso in negozio –e li capisco– sarei come l'unico pezzo vero in un mazzo di carte false. Il titolare è un cinese, neanche troppo orientale. Parla un inglese perfetto e per fortuna ha l'indolenza e la simpatia di un buon napoletano.

Meglio così.

(15 Maggio 2006)

Mi muovo seguendo la traccia sulla cartina di Londra. Le vie sconosciute della città mi tengono concentrato sulle consegne.

Non sento il fastidio di indossare questa ridicola giacca che mi fa assomigliare ad una scimmia ammaestrata. Questo la dice lunga su quanto sia poco interessato alla vita.

La mattina passo per l'imbocco della metropolitana di Edgware Road, la targa che lo indica è ancora nera di fumo, un cartello ferito. Le scale scendono verso il buio. Bocca spalancata che urla al cielo il dolore di quei morti. Il mio dolore! Un grido afono, strozzato alla prima nota, come succede a chi non trova soluzione alla propria rabbia. Da qui mio figlio è stato portato via morente.

Non ho motivo di perdonarmelo.

Sputo per terra, il sapore amaro del disgusto.

↑ Platforms
4

Giugno 2006

(3 Giugno 2006)

Ora mi muovo meglio! La giacca da buffone mi rende strano ma non pericoloso, nessuno fa caso a me a meno che non abbia ordinato la pizza. "Paghi la pizza solo se consegnata entro mezz'ora."

Questo è il motto dell'azienda; il mio motto se voglio essere pagato. E ora sono il migliore. Non ho altro da fare, posso restare fin dopo il mio normale orario e riesco ad arrivare oltre i miei tre quartieri nella "city". Ma non lavoro di sera.

I miei cinquant'anni li sento tutti soprattutto quando scende il buio. La vista non è più buona. Di notte è tutto opaco, le vie sulla mappa, le indicazioni sui segnali. Ma è una scusa. Di sera Londra si acquieta e io mi muovo meglio nel buio. Cerco di capire, faccio domande, seguo persone. I giornali parlano ancora delle indagini sui terroristi. Ritaglio le notizie. Gli uffici del ministero mi avevano detto di tenermi in contatto, ma non lo farò. Non voglio nessuno sulla mia traiettoria.

(6 Giugno 2006)

C'è un cielo sbiadito sopra la campagna inglese. Piccole gocce di pioggia tracciano rotte sconosciute. Il verde spento dei campi sembra fulminato dalla tristezza di Dio. Ma non mi importa. Sto andando in un posto preciso. Da un po' si parla di perquisizioni nel quartiere nord di Dwesbury. È il quartiere dove viveva Mohammed Sadique Khan, il terrorista che ha ucciso mio figlio e prima di questo...padre e maestro di sostegno. Accidenti che vertigine la vita! Un turbine che scompiglia lucidità e pazzia mimetizzando la linea retta verso i precipizi. Scendo dall'autobus con passo deciso, voglio anticipare il mio pensiero. Non devo dargli il tempo di trattenermi.

Davanti a me una zona residenziale da cartolina. Rimango sorpreso. L'erba rasata è perfetta. I prati arginati con sassi bianchi messi in bella vista a indicare vie pedonali. Grappoli di villette color panna tutte uguali per forma grandezza. Ovunque guardi il panorama è identico.

I portoni bianchi hanno oblò di vetro smerigliato. Riesco ad immaginare la vita dentro le case anche senza vederla. Una luce gialla, calda, nel buio accennato del tardo pomeriggio trapassa i vetri delle finestre. Persone affaccendate attraversano le stanze, lo percepisco dalla luce che scompare come se il portone chiudesse il suo unico occhio in un ammicco. Che strana questa quiete. L'aria è colorata delicatamente di rosso, forse vi è sciolto un raggio del sole morente; l'ultimo, quello che si attarda sulla terra.

Non una persona cammina in questa atmosfera surreale. Ora il prato sfumato marrone e le case ocra sembrano il set dismesso di un film. Non ho stimoli per andare in una qualsiasi direzione. Mi sento una figura fissa in un quadro, una virgola di pennello incastrata in una cornice liscia.

Poi arriva una macchina. Cammina lenta facendo pochissimo rumore. È una vecchia Mercedes, di quelle che hanno il radiatore cromato in bella mostra. Dalla strada principale scarta verso un vialetto di porfido che dà sul garage. I numeri di bronzo sul portone e sul garage corrispondono. Non ho più dubbi su chi siano. Le quattro persone a bordo non hanno fretta di scendere. Il buio mi impedisce di vedere, ma più di una volta ho l'impressione che si voltino dalla mia parte.

Poi scendono. A passo veloce si dirigono verso casa senza guardarmi. Un gesto voluto, una forzatura alla loro normale curiosità. Sicuramente un accordo preso in macchina. Alla porta il più anziano con il gesto di far passare gli altri mi fissa con insistenza. Lì, sotto la luce, vedo la sua origine medio orientale e la neve bianca appena accennata che colora i capelli neri e crespi. Un attimo ancora e la porta si richiude, la ferita di luce si rimargina.

E il buio morbido della sera è di nuovo perfetto. Devo essere impazzito! Fra quindici minuti il pullman per Londra partirà e io sto camminando verso quella porta. Non riesco a credere a ciò che voglio fare! Il dito deciso punta il campanello. Non dirò nulla, voglio solo che mi vedano, solo che sappiano. La porta si apre lentamente, sanno già di trovare me. Ho davanti l'uomo più anziano visto qualche minuto fa. Ha un viso rotondo e bruno.

Da così vicino vedo negli occhi la sua serenità perduta. Non mi parla, ed io disarmato di ogni intenzione tengo le braccia basse e lo guardo.

– "Guardami bene. Ho perso mio figlio per colpa vostra, ora avete un nemico in carne ed ossa da combattere, non solo un'idea." – Lo penso, ma non dico.

Non voglio dirlo a quest'uomo che sento così vicino a me, quasi avesse il suo destino già compiuto, il mio del resto. Poi, piccoli veloci passi ed ecco un batuffolo mal vestito, bellissimo nel suo sguardo sereno. Si avvinghia alla gamba dell'uomo che con una mano ne sorregge la testa come a volerlo proteggere. Il mio viso non può fare a meno di ferirsi con un sorriso...il primo da molto tempo. Non mi avvedo del giovanotto che nel frattempo, arrivato alla porta, guarda la mia giacca ridicola sotto l'impermeabile. "Non abbiamo ordinato noi, provi a suonare al nostro vicino. Lui compra le vostre pizze."

Sposta la mano del più anziano con delicatezza e mi chiude la porta in faccia, ma senza fretta. Non so quanto tempo resto fermo. Poi mi giro e cammino nel buio totale verso la stazione dei pullman. La sala d'aspetto è vuota e scialba. Sento strani echi qui dentro. Lontano sui campi, le rane gracidano alla luna senza mai stancarsi. Rumore di metallo. Passi che si dirigono dalla mia parte. La paura mi taglia lo stomaco.

Per fortuna arriva il pullman con la scritta illuminata "London City". Si ferma con uno sbuffo d'aria dei freni. Lo prendo più velocemente che posso, mentre due ombre scivolano nel buio.

Il viaggio è lungo un'intera notte, ed io ripercorro la mia esperienza cercando un appiglio per la vendetta. –"Leicester..."– ecco le prime case di Londra. La città si è svegliata da poco. Ho appena il tempo di cambiare i miei abiti umidi e posare la pistola. Mi guardo allo specchio cercando un'alchimia che mi renda più lucido e deciso.

Luglio 2006

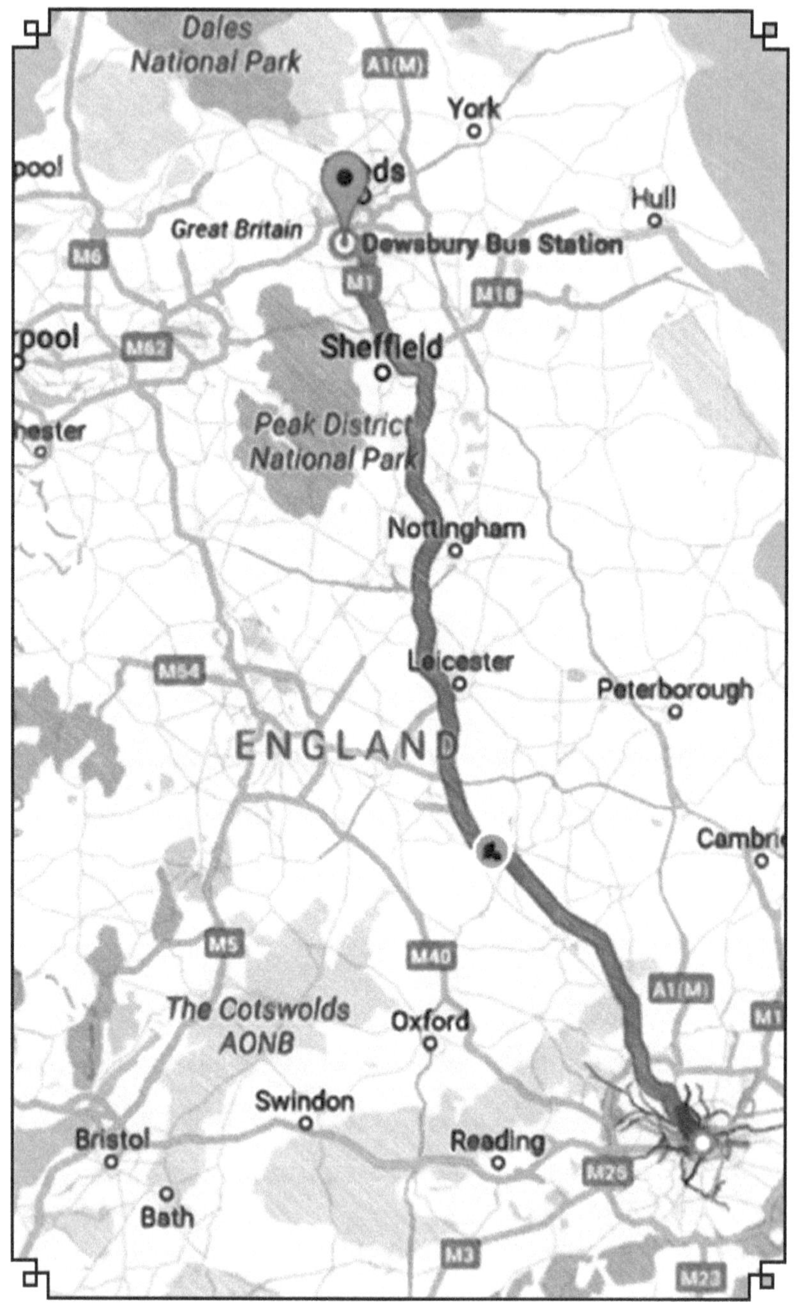
Dales
National Park
A1(M)
York
Great Britain
Hull
Dewsbury Bus Station
M6
M1
M18
M62
Sheffield
Peak District
National Park
Nottingham
M54
Leicester
Peterborough
ENGLAND
M5
M40
A1(M)
The Cotswolds
AONB
Oxford
Swindon
Bristol
Reading
M25
Bath
M3
M23

(7 Luglio 2006)

Paolo è morto da un anno! Non posso pensarci! Non è un anniversario la morte di un figlio. Ogni giorno da allora è scomparso al mattino e risorto nei miei sogni di notte. Oggi non farò niente di diverso dal solito. La tristezza urla tanto forte da farmi sanguinare le orecchie. Stordito, vado al lavoro. Il giorno scorre lento come un corteo funebre. Non c'è niente di questo mondo che acceleri il tempo. Niente che mi faccia smettere di sospirare. Poi finalmente arriva la sera e per la prima volta in vita mia mi ubriaco. Seduto al bancone di un pub ingoio liquore senza contare i bicchieri. Non ci sono specchi intorno, così non vedo il peggio di me. Esco che è notte fonda. Cammino per strada senza un minimo di dignità, urinando un po' nei pantaloni un po' negli angoli delle case. Alla fine vomito tutto. Solo allora la tristezza se ne va. Resta il cattivo sapore in bocca. Sputo sangue e piccoli pezzi del mio cuore di cristallo.

(12 Luglio 2006)

I giorni passano veloci nonostante la mia ridicola giacca dorata. Le pizze ora arrivano in perfetto orario. Al pomeriggio sono libero, ma non è bene che venga sempre qui, ad Edgware Road. Mi appoggio sul solito gradino –il primo– come se mi aspettassi di essere ingoiato dal mostro. In fondo è successo a mio figlio, potrebbe accadere anche a me. La luce di quest'ora illumina solo i primi gradini...sotto, migliaia di persone salgono sui treni della metrò. Ho mille anni vissuti in bilico del primo gradino di una stazione metropolitana. Sento ogni volta la pelle strappata a lembi, ma "sopravvivo" nella corazza della mia giacca gialla-oro. Ridicolo!

Non ho più sentito Lucia. Dentro di me invece la sento urlare e spingermi ed io che le accarezzo i capelli sporchi per il lungo viaggio. "Domani li uccido tutti, stai tranquilla."

Ed invece ciondolo stordito dalla mia indole mite che mi combatte come fossi il nemico. Mi metterò ancora alla prova!

Ho in tasca un nuovo biglietto per Dwesbury. Mi muovo mentre la nebbia nasconde Londra. Il pullman segue morbide curve verso Leicester, poi Nottingham, Sheffield ed infine Dwesbury. Arrivo che la città è già sveglia.

Anche qui è stato scioccante sapere di aver ospitato un kamikaze. In un posto così civile il gesto di salutarsi al di là della strada deve essere l'unico motivo per alzare la mano sopra la testa. Non per blandire un arma. Immagino l'assassino di mio figlio accarezzare la testa dei suoi alunni i giorni prima di farsi saltare in aria. Penso a questo mentre guardo la giovane donna dallo sguardo delicato e schivo che mi attraversa la strada. Potrebbe essere proprio sua moglie.

Forse accetterà di parlarle: "Hasina, Hasina..." le sono vicino, ha il viso sconvolto dalla pazzia. I segni delle lacrime sono tracce chiarissime sulle gote perfette. Mi fa tenerezza, ma non controllo più le azioni. Provo ad afferrarla, le voglio parlare. È spaventata a morte. Io no! Le cammino incontro con calma portando la busta della sua spesa caduta nella fretta. Sono ancora lontano quando due uomini si mettono tra noi. Lei rimane sul portone e mi guarda. Nessuno parla, hanno un aria minacciosa. Se fossero stati protetti dal buio mi sarebbero saltati addosso, ne sono sicuro. Lascio cadere la spesa, prendo la foto di Paolo dalla tasca. Lui, tra noi, è l'unico con l'espressione serena. Questo non mi aiuta. Urlo con tutta la rabbia che ho in corpo. "Qualcuno pagherà per questo...maledetti!" e indico il viso della foto. Non mi accorgo del pugno che mi arriva di lato. Un colpo veloce, deve essere abituato a sferrarne. Cado a terra.

Non perdo conoscenza e la mano è già sulla pistola. Lucido, aspetto un attimo prima di estrarla. Sono indeciso, loro no. Un solo gesto e la porta con un colpo forte si chiude. Il sangue sgorga dal taglio sulla mia guancia gonfia.

Resto così...con la mano in tasca a tenere buona la voglia di sparare alle finestre per vedere cieca quella casa che ospita i miei nemici. Ora conosco meglio il mio bersaglio. La ferita mi fa male e il sangue alimenta la mia rabbia, i nervi a fior di pelle mi danno tremore.

(15 Luglio 2006)

Il lavoro nei giorni che seguono è un lenimento per lo spirito.

Consegno le pizze sorridendo. Gioco a fare il buffone. La lesione non si vede quasi più e la mia anima ancor prima del mio corpo sembra guarita d'incanto, se non fosse per quella sensazione di essere seguito che mi tiene teso facendomi voltare spesso.

"Animo, ho da lavorare." Dico ad alta voce. Il titolare cinese si fida di me e mi lascia fare. Ho la sensazione che mi consideri pericoloso, ma è solo un'idea. Come potrei esserlo con questa ridicola giacca addosso.

(29 Luglio 2006)

Passano ancora due settimane di incosciente serenità. Poi inevitabilmente succede... È una notte tiepida come un bacio formale, poco buia come lo è una notte di città. Ritorno a casa dopo la mia birra del venerdì respirando di gusto l'aria della tarda sera. Rischiavo e lo sapevo. Per questo, quando è arrivato il primo colpo, non mi sono sorpreso affatto. Le botte sembrano uscire fuori dalla notte come forti colpi d'ala. Si materializzano dal buio in ogni direzione. La cattiveria sospesa nell'aria si scaglia contro di me. Non rispondo ai colpi. Non posso, non saprei come fare. Cerco di pararli, ma arrivano tanto forti da cancellare giorni interi dal mio calendario.

Mi butto a terra fingendo di svenire, forse smetteranno di colpirmi. Invece non succede. Piano piano, non sento più dolore e non ho più rabbia da spendere.

Un calcio mi fa girare verso il cielo. Guardo le stelle e le vedo spegnersi una ad una sopra il solco dei tetti. Piango, (ma forse è gioia) mentre i pugni arrivano con meno intensità. Li sento stanchi, sbuffare, sputarmi.

Uno si china su di me, mi parla piano nelle orecchie ma i colpi alla testa mi hanno reso sordo. Comunque non capirei la loro lingua. Ora che è così vicino a me lo vorrei colpire, ma poi desisto. Nella mia mente c'è solo la volontà di limitare i danni. Poi un urlo...e il buio sembra non proteggere più i miei aggressori. Si fermano come belve che annusano l'aria, infine dileguano correndo lungo i muri, dove l'oscurità mi impedisce di seguirli con lo sguardo. Sento passi allontanarsi in fretta e da lontano continuano a colpirmi di parole. Finalmente non arrivano più percosse. Non sento dolore, ma sono sfinito. Non penso alla mia dignità, al sangue misto alla saliva, all'urina persa per la paura, ai miei vestiti stracciati e sporchi. Vorrei sollevarmi, ma i muscoli non mi aiutano, mentre aspetto la figura venirmi incontro.

"Francesca...?!" Si china su di me a sorreggermi la testa e mi pulisce con delicatezza la faccia gonfia. In bocca, la mia anima a brandelli ha un sapore disgustoso.

"Guarda come ti hanno conciato...bastardi!"

"Lascia stare Francesca, è troppo pericoloso, non dovevi venire, ora devi andartene."

"Ho conosciuto Lucia e abbiamo parlato a lungo. È lei che mi ha chiesto di venire. È preoccupata per te, non vuole che ti metti in pericolo, ti aspetta a casa. Mi ha supplicato di riportarti giù sano e salvo e per poco non ci riuscivo.", insiste con il piglio sicuro di chi ha un vantaggio, la ragione.

"Non prima di aver compiuto la mia vendetta", le ribatto con rabbia.

Mi guarda ma mi non riconosce. Non le do torto. Cosa ci faccio a Londra pestato a sangue con una pistola in tasca? Sorretto da Francesca raggiungo la mia pensione. Lo sguardo severo del vecchio portiere è l'ultimo "rospo" che dovrò ingoiare. Che pensi quello che vuole! Finalmente il letto, ogni cellula del mio corpo mi supplica di raggiungerlo in fretta. Nel silenzio della notte sento il rumore delle ossa ritrovare il proprio posto. Francesca dorme sul divano. Non faccio rumore.

Piango in silenzio, mi mordo le mani e raccolgo la forza con i sospiri e l'odio. Domani darò un senso definitivo all'essere qui! Ho superato il limite di rottura.

Dopo l'angoscia per la morte di Paolo, questa maledetta paura è il sentimento più forte della mia vita equilibrata. Devo sedermi. Mi sento mancare. Il cuore ha rotto gli argini, il fiato è corto nel petto.

(30 Luglio 2006)

Il mattino arriva, lo aspettavo già sveglio. Non è un buon giorno quello che vede un assassino progettare i propri delitti. Per questo non sorrido al sole né a Francesca che mi guarda in modo rassicurante. Ci prepariamo in silenzio.

Mi guardo allo specchio, il viso gonfio cambia i miei connotati. Non mi dispiace, vedo un altro macchiarsi dei miei delitti.

Alla fermata dell'autobus la gente è distratta. Mi fanno rabbia.

Un po' lo faccio anche per loro. Come possono aver dimenticato le bombe? Solo il bigliettaio mi riconosce e saluta. Il viaggio è insipido tra gli stessi paesaggi senza colore né disegno. Francesca prova a farsi notare. Fa conversazione, ma le sue parole sbattono sulla mia indifferenza. Non me ne frega niente di ciò che ha da dire. Lei lo capisce, mi appoggia la mano sulla gamba. "Sono con te fino in fondo, volevo solo che lo sapessi."

Non le rispondo. Penso a Lucia, senza la sua spinta non sarei andato lontano. Ora vorrebbe fermarmi.

L'inerzia della mia rabbia forse non mi basterà per arrivare fino in fondo. –"Devo rimane concentrato."– Sono arrivato fin quassù, qualsiasi cosa diversa dalla vendetta è improponibile, soprattutto dopo questa notte. Erano estranei. Hanno ucciso mio figlio e picchiato me. Non voglio che vadano oltre. Divoro il tempo e la strada come farebbe uno squalo. Non ci saranno altri pensieri tra me e quel portone bianco. I miei nemici al di là di questa porta laccata. Stringo la pistola con la sola forza della disperazione. Sono pazzo e ho cesoie per recidere qualsiasi futuro. Suono con insistenza, sicuro che se li faccio arrabbiare mi aggrediranno e sarà più facile estrarre la pistola e fare fuoco. Aspetto. Passa il tempo. Dopo un po' Francesca che era dietro di me mi chiama con dolcezza, a bassa voce. Mi sento un cretino. Resto immobile dieci minuti davanti alla porta chiusa. La rabbia si spegne sotto il peso del mio carattere mansueto. Vorrei sprofondare per la vergogna. Accidenti a me! Ridicolo nella collera mi ritrovo solo, snobbato dai miei stessi nemici.

Sento tirarmi per un braccio. Francesca mi guida lontano da quella porta che per me non si aprirà mai più. Sul ponte di un piccolo fiume specchio del cielo, getto la pistola in acqua, la guardo scomparire sul fondo mentre l'acqua increspando cancella qualche nuvola riflessa. Rimando la mia dannazione e mi riprendo la dignità. Ai giardini pubblici i bambini urlano per gioco e i nonni hanno lo sguardo compiaciuto. Grazie a loro non moriranno completamente. Beati loro! "Ma... Accidenti!"

Non posso fare a meno di imprecare. Riconosco l'uomo anziano conosciuto la prima sera. Gli vado incontro di buon passo e d'istinto metto la mano in tasca in cerca della vendetta. Se ne avvede, non fugge. "Fermati!" mi dice in un buon italiano. Non me lo aspettavo! "So perché sei qui e non credo che andrai oltre. Ma se devi farlo, non davanti a mio nipote. Sappi che sei vivo solo grazie a me..."

Mi specchio nei suoi occhi e vi ritrovo la mia disperazione.

"Abbiamo perso un figlio. È successo nello stesso istante e che il mio abbia ucciso il tuo non mi consola. Era cresciuto qui, viveva come un inglese, parlava come un inglese. Era felice con la moglie per questo bimbo. Mi bastava. Non ho capito cosa stava accadendo. Poi ha iniziato a viaggiare sempre più spesso in Pakistan, fino a quando un ispettore di Scotland Yard non ha bussato alla porta. Come vedi l'ho saputo nell'istante che lo hai saputo tu. Da allora ti aspetto. Sapevo che tu o qualcun altro avrebbe presentato un conto di sangue. Ho pagato sempre i miei debiti, puoi riscuotere. Solo non mi aspettavo che fosse un italiano a presentarsi per primo. Ho lavorato in Italia cinque anni e vi conosco miti e comprensivi, ma se così vuole Allah..."

Lo capisco, avrei ragionato esattamente come lui. Lo vedo splendido come la dignità che mi porge sul palmo di mano. Suo nipote ha smesso di dondolare l'altalena. Ascolta in nostri discorsi, curioso per la strana lingua parlata dal nonno. È bellissimo, ha un viso rotondo e una coroncina di capelli crespi. Gli occhi brillano come il mare sotto la luna. Faccio per prenderlo in braccio.

Un istintivo gesto di protezione, il nonno me lo impedisce. Poi me lo lascia fare. Lo abbraccio forte e sento il suo piccolo cuore chiamare il mio da tempo smarrito. Mi sento disgustato di vendette, guerre, bombe e morte. Allora mi viene un'idea assurda! "Permettimi di crescerlo come fosse mio figlio. Sarà il riscatto delle nostre vite perse." Gli dico senza convinzione.

Il silenzio sospeso ha un sapore finalmente dolce, perché poi non lo saprei dire. Poi: "Sua madre è curata da uno psichiatra. Ha tentato il suicidio per la vergogna. Su lei non posso contarci, ci penserò..."

È uomo saggio, mi guarda dritto negli occhi con determinazione, forse per vincolarmi ad un giuramento silenzioso. Non abbiamo molto altro da dirci. "Sto pensando di partire per l'Italia presto. Ti aspetterò a Londra solo qualche giorno ancora. Qui non verrò più, puoi starne certo. Mi cercherai tu."

Sto per dargli il mio indirizzo, ma non lo faccio. Mi hanno picchiato a pochi passi da lì, dove trovarmi lo potrà sapere da loro. Ho chiuso la questione.

Non guardo più neanche Francesca. Potessi cancellare ogni sguardo su di me! Dimentico l'odio, la rabbia e una pistola in fondo al fiume. Solo il dolore brucia come il sole al suo zenit.

Nessuno verrà più da me.

Agosto 2006

(6 Agosto 2006)

Ho il biglietto Alitalia "chiuso". Data, orario e gate stampati. Il cinese della pizzeria mi ha abbracciato e si è commosso. Impastare pizze lo ha reso un po' italiano. Mi ha addirittura dato la "buonuscita" per il mio lavoro in nero. Non me l'aspettavo. Passo gli ultimi giorni sulle sponde del Tamigi. Non mi piace affatto questo fiume di acque fangose. Ci appoggio i pensieri torvi, ma l'acqua così lenta non me li disperde.

Chissà se sono stato un buon padre per Paolo? Certamente vorrò essere degno del suo ricordo. Non essermi macchiato di nessun delitto è il modo migliore di cominciare. Mi faccio coraggio...

Sorrido e anche il Tamigi sembra dorato sotto il pennello del sole. Lo guardo per l'ultima volta, nel pomeriggio prenderò l'aereo.

Non c'è sostanza nei miei sospiri, non ho compiuto vendette. Penso al padre di Mohamed Kahn, alla sua figura elegante e triste, al suo sogno infranto, alla sua pena così identica alla mia, al suo sollievo identico alla mia vendetta e non mi stupisco di vederlo arrivare. Era giunto alle mie conclusioni. Suo nipote lo abbraccia con forza al collo. Lo invidio. Non ha fretta, non ne ho io. Il nostro è un ponderato patto d'onore per portare a termine un lavoro onesto e difficile.

Crescere un uomo che sappia essere Kaled e capisca le ragioni di Paolo. Rivoglio un figlio. Non un ostaggio né un pegno. Francesca ci guarda da lontano, rispetta la nostra intimità. Non usiamo molte parole.

Non serviranno.

"Portalo via da qui, i fanatici ne vorranno fare un simbolo come figlio di un martire, per gli inglesi sarà sempre il figlio di un terrorista...tutto questo non deve accadere. Ti scongiuro concedigli una vita onorevole...", poi mi porge il bambino. Non provavo una tenerezza così forte da tanto tempo.

"Ecco lo zio che ti diceva nonno..." immagino siano le parole che gli sussurra con dolcezza. Solo così passa dal suo collo al mio. Ha un abbraccio deciso. Potrei restare così per il resto della mia vita. Le piccole mani toccano curiose le vene del mio collo, gonfie per lo sforzo di negarmi le lacrime. Sento già di amarlo, questo mi allontana ancora di più da suo padre che è riuscito a "decidere" di non vederlo mai più.

(7 Agosto 2006)

Il viaggio di ritorno. Ho di nuovo Paolo piccolo tra le braccia, questo fa sì che non sia mai partito. Mi sento invincibile. Dimentico i colpi ricevuti. Finalmente a casa. Qui dentro respiro per l'ultima volta quell'aria ambigua di cose non ancora morte del tutto. Sento appesa ogni goccia di tristezza vissuta. Ma non voglio che il mio piccolo ospite la respiri. Apro le persiane che sbattono con forza, lascio al sole il compito di uccidere i pensieri cattivi nascosti nell'ombra. Kaled sorride sereno. Il mio più bel regalo. È curioso di scoprire la casa.

Tocca le cose e le misura alzandole sopra la testa. In poche ore è così a suo agio da sembrare nato qui. Poi salgo in camera e appoggiata sul letto sfatto, trovo la lettera di Lucia. Ha dormito qui. Faceva sempre così quando voleva dirmi qualcosa di importante. Scriveva su un foglio di carta e me lo metteva dove lo potevo trovare la sera. Mi sento troppo segnato dagli ultimi avvenimenti per non agitarmi. Poche parole, uno scarno invito. "Roberto, ho voglia di vederti, parlare un po' come ai vecchi tempi. Francesca mi ha tenuto informata di tutto a tua insaputa. Lavoro nella vecchia chiesa del Divino Amore. Avvisami quando vieni, così mi libero. Ti aspetto." Fisso per la mattina dopo. Ho voglia di vederla anche io. Poi chiamo Francesca, questo nuovo rapporto con lei mi tranquillizza. "Puoi venire a casa domani che Pa...scusa, che Kaled non deve restare solo?" Accumulo ore d'amicizia per rendere quella unica notte di sesso un ricordo perso nelle ore normali fra noi.

(21 Agosto 2006)

...È fresca l'ombra nella chiesa. Mi sento a mio agio mentre Lucia mi viene incontro. È così bello vederla sorridere. Mi bacia le labbra come farebbe una sorella, ma io capisco altre cose. La abbraccio nel silenzio solenne delle liturgie vissute qui, un gesto che scioglie le nostre tensioni. "Come va il tuo lavoro?!" Le fa piacere quando glielo chiedo. Ma è solo un gesto di cortesia. Riusciamo a non parlare di Paolo. È bellissima accarezzata dal tempo. Piccole rughe attorno gli occhi sono come raggi di sole. È più affascinante ora che sorride con grazia, senza mai perdermi di vista. Mentre parliamo arriva il custode con una bottiglia coperta di polvere e il tempo ha la forma dell'ostrica con una perla dentro.

Il colore rubino del vino è un mistero d'alchimia.

Aver ritrovato Lucia dopo tanti anni, un'emozione fantastica.

Vivo dell'energia dei suoi occhi e sono indifferente ai racconti di vanteria del vino che sta mescendo. Quest'uomo fra noi è inesistente, un "servo della gleba" uscito dall'ombra ancestrale della chiesa. Ho fastidio solo per i suoi gesti lenti. Non amo la sua presenza da uomo sciatto ma non vorrei che lo notasse.

Anzi mi chiedo come possa sentirsi a proprio agio avendo vicino una donna tanto bella come Lucia. Poi il vino media il sole e l'ombra mentre il profumo si diffonde nell'aria. Facciamo schioccare i vetri dei bicchieri prima di bere. Un'ottima occasione per incrociare i nostri sguardi innamorati. Lucia è più brava di me a "tenere le fila". Parla di lui a me e di me a lui con grande considerazione. Non avevo capito perché farmi venire qui finché non è uscito quel vino. Che ci sia un mescitore è un dettaglio. La sua ansia dolce di farmi bere quel nettare è una delicatezza. Tra le pieghe della sua bocca non mi sfugge la voglia di passione. Ne sono complice. Mi lascio guidare. Oggi non ho drammi, non ho storia. Esiste solo lei e i suoi desideri.

Al ristorante ha assunto un pudore da vestale. Devo insistere per farla mangiare. È tanto bello vederla compiere quell'atto così vivo. Racconta i suoi progetti disegnando con le mani curate, piccoli eleganti riccioli nell'aria. Sono pazzo di lei. Restiamo seduti poco, ho voglia di parlarle del mio amore con il decoro della mia età adulta. Sto attento a non pretendere. So che la nostalgia di un amore sognato è magia pura, la sua presenza un inevitabile ridimensionamento. Siamo sotto casa sua. Spero che non mi saluti qui, non lo vorrei. Sento il mio corpo tendersi fino al dolore fisico. Devo toccare la sua pelle, sentirà le mie vibrazioni. Si lascia baciare. No, questa volta non sono pudico. Non ho motivo di nascondere la mia eccitazione così vicino al suo grembo. Sento finalmente i suoi "sì" urlati nel silenzio dei nostri baci. La sua saliva è spuma di mare che bagna la mia spiaggia. Saliamo. La spingo sul letto mentre il corpo mi oppone una falsa resistenza. Mi spoglio da solo. Voglio farmi trovare di fronte ad un atto compiuto. Non ci sono cose importanti da dirsi, mai più importanti dei gesti dei nostri corpi. Le mani raccolgono il calore della pelle, la mia bocca raccoglie l'alito dei suoi profondi respiri di piacere. Intorno, il pomeriggio acquieta i raggi del sole fino a spegnerli negli angoli della stanza. La sera le cose intorno a me si colorano di oro scuro. Adesso so di aver vissuto un sogno e vorrei meritarlo ancora! La radio accesa diffonde le note di una bellissima canzone di Don Backy...

"Guardo su nel cielo e vedo grappoli di stelle d'oro
son la mia vita, ormai finita, ormai finita se non sei con me...
l'alba verrà, la notte se ne andrà
e il sole scoprirà milioni di cose insieme a noi.
Resta con me, non mi lasciare mai
sei l'unica ragione della mia vita
lascia ch'io viva.
Montagne piene di luce, vado cercando per te
soltanto per te.
Verdi racconti d'amore io scrivo per te.
Resti per me, il sogno mio d'amor
qualcosa che rimane tutta la vita,
oltre la vita..."

(SOGNO 1968)

Avrei voluto scriverla io. Gliela dedico.

Non sono sazio del suo corpo ma mi do contegno. Lei mi guarda dalla sua parte del letto. Si accende una sigaretta.

Mi alzo per prendere un bicchiere d'acqua ma le sue parole me lo fanno dimenticare.

"Me ne vado. Ho firmato un contratto per il sud America, starò via molto tempo." Ecco, di nuovo il nostro futuro scivola tra le mani, come la sabbia di certe spiagge. Non immaginavo che facesse così male. Sento il sangue fermarsi nelle vene. Mi sento mancare, mi risiedo.

"Fai bene ad accettare, è la tua vita." Non sono contento. Non ho saputo mai dissimulare, oggi non faccio eccezione. Ma credo che le mie parole possano andar bene anche a lei adesso. Non mi chiede altro, non vuole approfondire il discorso. Semplicemente mi lascia andar via. Senza voltarmi. In macchina accendo la radio. Non voglio mai più ascoltare il suono di sogni infranti dentro di me.

Marzo 2025

(Marzo 2025)

...Se avessi potuto scrivere un copione della mia vita “quello” sarebbe stato il nostro ultimo incontro. Ma non è stato così. Ci siamo rivisti altre volte. Al cimitero per gli anniversari della morte di nostro figlio. La vedevo parlare alla foto, accarezzare il viso del ritratto. Con le mani morbide e le dita affusolate trasmetteva l’amore di mamma impacciata e la tenerezza mi stringeva il cuore. In fondo l’ho amata così come era –impegnata e lontana–. Una sera siamo anche usciti a cena. Ma aveva sempre fretta e i suoi baci avevano il sapore di altre terre, forse di altri uomini, meglio lasciar perdere. Ma le voglio ancora bene! Lo dico ora che è passato tanto tempo. Ora che pronuncio parole al capezzale della mia esistenza.

Che oggetto strano è il tempo, così pesante sulla pelle, così leggero quando scivola via da te. Che strane forme assume, a volte rotondo come un palloncino colorato altre affilato come una lama di Toledo. Da allora ho contato diciannove anni. Tutti questi anni senza mai smettere di desiderare la morte, ma come scelta secondaria.

Ho cresciuto il mio secondo figlio come un atto felice. Lo guardo mentre dorme seduto su una poltrona in fondo al mio letto d’ospedale. Ma dietro i suoi sereni occhi chiusi vedo un uomo buono, un “gentiluomo”. Lo amo come ho amato Paolo. Sento lo spirito di Dio concedermi qualche ora per il lusso delle ultime lacrime di gioia. Abbiamo da poco festeggiato la sua laurea in medicina. Già sapevamo del mio male. Non abbiamo detto niente a nessuno. È stato il nostro segreto. Ha vissuto questi ultimi mesi con la prostrazione di chi perde il proprio padre e questo mi ha reso orgoglioso. Ho temuto ogni giorno di perderlo e non poteva essere altrimenti.

Perdere Paolo è stato lacerante senza alcuna possibilità di rimarginazione. Mi dispiace d'averglielo trasmesso.

Lui ha fatto più del suo dovere. Ha trascorso la sua giovinezza segregato in casa a studiare. Ma lo ha vissuto come "crisalide". Un lavoro più lungo per diventare farfalla più bella. Ora è dottore e vorrei che salvasse la vita a così tante persone da far dimenticare quelle che suo padre ha strappato alla terra. I terroristi nel frattempo si sono fatti vivi ancora. I loro gesti sono veloci per non pensare di essere dalla parte sbagliata. Idee proposte con il fragore delle bombe. Che idiozia! Poi quando il rumore cessa e la polvere delle esplosioni ricade a terra, niente rimane delle loro ragioni, solo l'indice puntato delle vittime. Nel silenzio dell'oscurità una radio diffonde musica classica. Mi rilasso. Speriamo che questa notte sia la più lunga dei miei 73 anni, voglio finire questo diario. È la mia unica eredità, quella che non mi è stato dato di lasciare a Paolo. Ho conservato in questi anni parole sontuose da usare nel mio "punto di morte". Ecco finalmente la mia condizione ideale!!! Così vicino alla misericordia di Dio, così lontano dall'odio degli uomini. Il "punto di morte", la tolda della nave sul mare in burrasca. Una posizione privilegiata per osservare l'orizzonte, mentre la prua è puntata su una rotta tracciata, un destino compiuto. Del "punto di morte" ne parlavano come di un ultimo palpito, un respiro spezzato tra i denti, la curva bassa del sole morente. Ora so che non è così!

È la quinta stagione della vita. La più breve, la più intensa.

La vivo in piena coscienza. Ringrazio Dio! Sento una maggiore responsabilità ora che anche il vecchio pakistano è morto. Al suo funerale il viso sereno era stridente contrasto con le urla dei parenti che si agitavano intorno. Il mio Kaled aveva un contegno invidiabile. Si teneva lontano da quel "bailamme". Triste, assorto nei suoi pensieri teneva la mano del nonno. Io in disparte lo guardavo. Lo sentivo così figlio mio da considerarmi risarcito. Non mi importava di essere guardato con ostilità dagli altri, ero lì per onorare un uomo vero. Aveva difeso le sue scelte fino alla morte indicando me e dicendogli: "Ecco tuo padre." Era stata una carezza virile, rendeva sicura la mia vecchiaia. Gliene ero grato!

Lo desideravo tanto nel segreto del cuore sin dal nostro incontro nel parco. Ora lo so! Ma il tempo dei sogni è finito! Peccato! Mi sono distratto troppo. Devo fare in fretta, la malattia mi ha tolto lucidità. Distinguo appena tra le nebbia dei miei deboli occhi la mattina dalla notte. Potessi resistere un giorno ancora. La mia pelle è tesa dal telaio delle ossa, come le pale del mulino a vento nel *Don Chisciotte*. Come vorrei che mi trapassasse il vento. Vivere quella sensazione di vertigine che ti dà il volo, gonfiare le ali e via...

"Kaled, portami sul balcone, fammi prendere un po' d'aria buona."

"Papà, lo sai che ti fa male, non sei in condizione di uscire."

"Figlio mio, solo un ultimo favore. Saranno minuti spesi bene credimi." Visto che assomiglio ad una pala di mulino a vento voglio la mia porzione di aria e di volo! Le sue braccia forti mi sollevano come vela sull'albero maestro. Mi sento bene nel perimetro del suo abbraccio. Ho sapore di vento sulle labbra, finalmente sento nascere il mio miglior sorriso. Lucia mi raggiunge proprio mentre la mia vita si spegne. Il bacio sulla fronte è la stella polare sul mio mare calmo. Lascio le cose intorno scivolare via e mi sento felice ora che sento piangere Kaled! "Ecco l'uomo buono che Ti avevo promesso quando era nato Paolo. Ecco il mio dono, Dio!" E finalmente la risposta di Dio arriva. Mentre me ne vado per sempre non una bomba scoppia nel mondo...non una rosa si bagna di sangue.

Indice

www.ingramcontent.com/pod-product-compliance
Lightning Source LLC
Chambersburg PA
CBHW020557310726
48979CB00008B/1245/J

* 9 7 8 1 9 1 1 4 2 4 2 6 0 *